Martin Krause

Zur Transformation der Modulargleichungen der elliptischen Functionen

Antigonos

Martin Krause

Zur Transformation der Modulargleichungen der elliptischen Functionen

Unveränderter Nachdruck der Originalausgabe von 1873.

1. Auflage 2024 | ISBN: 978-3-38699-348-7

Antigonos Verlag ist ein Imprint der Outlook Verlagsgesellschaft mbH.

Verlag: Outlook Verlag GmbH, Zeilweg 44, 60439 Frankfurt, Deutschland
Vertretungsberechtigt: E. Roepke, Zeilweg 44, 60439 Frankfurt, Deutschland
Druck: Libri Plureos GmbH, Friedensallee 273, 22763 Hamburg, Deutschland

ZUR

RANSFORMATION DER MODULARGLEICHUNGEN

DER ELLIPTISCHEN FUNCTIONEN

VON

MARTIN KRAUSE.

DER HOHEN PHILOSOPHISCHEN FAKULTÄT ZU HEIDELBERG

ALS

INAUGURAL-DISSERTATION

UEBERREICHT.

HEIDELBFRG,
1873.

HERRN PROFESSOR DR. LEO KOENIGSBERGER

IN

DANKBARER VEREHRUNG

GEWIDMET.

I.

Verallgemeinerung der Hermite'schen Verwandlungstafeln der elliptischen Modularfunctionen.

Setzt man fest, dass:

$$K = \int_0^1 \frac{d\varkappa}{\sqrt{(1-\varkappa^2)(1-u^8\varkappa^2)}}; \quad i\,K' = \int_1^{\frac{1}{u^4}} \frac{d\varkappa}{\sqrt{(1-\varkappa^2)(1-u^8\varkappa^2)}};$$

$$\tau = \frac{i\,K'}{K}; \quad q = e^{\pi\tau i} = e^{-\frac{\pi K'}{K}};$$

definirt man ferner zwei Functionen $\varphi(\tau)$ und $\psi(\tau)$ durch:

$$\varphi(\tau) = \sqrt{2}\,\sqrt[8]{q}\,\frac{(1+q^2)(1+q^4)(1+q^6)\ldots}{(1+q)(1+q^3)(1+q^5)\ \ldots},$$

$$\psi(\tau) = \frac{(1-q)(1-q^3)(1-q^5)\ldots}{(1+q)(1+q^3)(1+q^5)\ldots},$$

und bezeichnet sie mit dem Namen der elliptischen Modularfunctionen, die zu dem Modul τ gehören, so sind von Hermite Verwandlungstafeln aufgestellt,[1]) vermöge welcher

$$\varphi\left(\frac{b_0-a_0\tau}{a_1\tau-b_1}\right) \text{ und } \psi\left(\frac{b_0-a_0\tau}{a_1\tau-b_1}\right)$$

ausgedrückt werden durch $\varphi(\tau)$, $\psi(\tau)$ und Exponentialgrössen, wenn

$$\begin{vmatrix} a_0 & a_1 \\ b_0 & b_1 \end{vmatrix} = 1$$

die allgemeinste Transformation ersten Grades bedeutet. Die Richtig-

---

[1]) Hermite, sur la résolution de l'équation du cinquième degré. Comptes rendus des séances de l'académie des sciences. Paris, 1858, tome 46.

keit der Tafeln ist von Koenigsberger[1]) und Schläfli[2]) auf verschiedenen Wegen nachgewiesen worden. Es sollen dieselben in noch näher zu definirender Weise auf eine allgemeine Transformation n^{ten} Grades (n eine beliebige ganze Zahl) ausgedehnt werden.

Sei zunächst n eine willkührliche, aber ungerade Zahl, die keinen quadratischen Theiler enthält, so sind bekanntlich[3]) die beiden transformirten vollständigen Integrale C und i C' bestimmt durch:

$$K = a\,(\alpha_0 C + \alpha_1 i C')$$
$$i\,K' = a\,(\beta_0 C + \beta_1 i C'),$$

ferner der transformirte Modul τ':

$$\tau' = \frac{\beta_0 - \alpha_0 \tau}{\alpha_1 \tau - \beta_1},$$

wenn a der Multiplicator und

$$\begin{vmatrix} \alpha_0 & \alpha_1 \\ \beta_0 & \beta_1 \end{vmatrix} = n \text{ ist.}$$

Solcher Zahlensysteme $\alpha_0\ \alpha_1\ \beta_0\ \beta_1$ giebt es unendlich viele. Alle aber lassen sich in eine endliche und bestimmte Anzahl von Classen eintheilen, deren Repräsentanten von der Form sind:

$$\begin{vmatrix} \delta & o \\ -16\,\xi & \delta' \end{vmatrix}$$

wobei: $\xi = o, 1 \,..\, \delta' - 1$, $\delta\,\delta' = n$ und δ einen jeden Theiler von n bedeutet.

Die den letzteren entsprechenden transformirten Modularfunctionen $\varphi\left(\frac{\delta\tau + 16\,\xi}{\delta'}\right)$ sowohl, wie die complementären $\psi\left(\frac{\delta\tau + 16\xi}{\delta'}\right)$ sind dann, vom Vorzeichen abgesehen, Lösungen einer algebraischen Gleichung, der sogenannten Modulargleichung, und können auf doppelte Weise dargestellt werden.

---

[1]) Mathematische Annalen von Clebsch uud Neumann. 3. Band. 1870.

[2]) Journal für reine und angewandte Mathematik von Borchardt, 72. Band.

[3]) Siehe in Bezug auf die hier angewandten Sätze das Werk: Die Transformation, die Multiplication und die Modulargleichungen der elliptischen Functionen von L. Koenigsberger. Leipzig, 1868.

$$\varphi\left(\frac{\delta\tau+16\xi}{\delta'}\right) = \sqrt{2}, \sqrt[8]{q'}\ \frac{(1+q'^2)(1+q'^4)(1+q'^6)\ldots}{(1+q')(1+q'^3)(1+q'^5)\ \ldots} \tag{1}$$

$$q' = e^{\pi i \frac{\delta\tau+16\xi}{\delta'}}$$

$$\varphi\left(\frac{\delta\tau+16\xi}{\delta'}\right) = \left(\frac{2}{\delta}\right)\left(\sqrt[8]{u^8}\right)^n \operatorname{snc}\frac{4\omega}{n}\,.\,\operatorname{snc}\frac{8\omega}{n}\ldots\operatorname{snc}\frac{2(n-1)\omega}{n}\,. \tag{2}$$

wobei $\left(\frac{2}{\delta}\right)$ das Legendre'sche Zeichen bedeutet.

Dabei ist einerseits, wenn die Transformation gegeben gleich:

$$\begin{vmatrix} \delta & o \\ -16\xi & \delta' \end{vmatrix}$$

das zugehörige $\omega = m K + m' i K'$, wo:

$$m' = q\delta,\ m = p\delta' + 16\xi q,$$

und q und p die einzige Bedingung erfüllen, dass m und m' zu einander relativ prim sind; andrerseits, wenn ω gegeben gleich:

$$\omega = m K + m' i K' \text{ (m und m' relativ prim)}$$

die zugehörige Transformation:

$$\begin{vmatrix} \delta & o \\ -16\xi & \delta' \end{vmatrix} = n$$

wo δ der grösste gemeinsame Theiler zwischen m' und n ist und

$16\xi m' \equiv m\delta \bmod n$, oder anders geschrieben:

$$16\xi \equiv \frac{m\delta}{m'} \bmod n.$$

Hierdurch ist im letzteren Falle alles eindeutig bestimmt, wenn wir noch festsetzen, dass ξ positiv und kleiner als δ' ist.

Aehnliches gilt für $\psi\left(\frac{\delta\tau+16\xi}{\delta'}\right)$ und zwar geht nach Jacobi Fundamenta § 25 $\varphi\left(\frac{\delta\tau+16\xi}{\delta'}\right)$ in sein complementäres $\psi\left(\frac{\delta\tau+16\xi}{\delta'}\right)$ über, wenn für ω: $-i\omega$, für u^8: $1-u^8 = u'^8$ gesetzt wird.

Behalten wir für n die obige Beschränkung bei, so stellen wir uns vorläufig die Aufgabe, die Repräsentanten der φ und ψ Function, die zu einer Transformation n^{ten} Grades und zu dem Modul:

$$\tau' = \frac{b_0 - a_0\tau}{a_1\tau - b_1},\ \text{wo } a_0 b_1 - a_1 b_1 = 1$$

gehören, auszudrücken durch die Repräsentanten der φ und ψ Function, die zu derselben Transformation n^{ten} Grades und zu dem Modul τ gehören.

Erwägt man, dass in beiden Fällen die Repräsentanten der φ und ψ Function, vom Vorzeichen abgesehen, Wurzeln ihrer zugehörigen Modulargleichung sind, dass ferner diese Modulargleichungen von demselben Grade und nur in dem Coeffizienten von einander verschieden sind, so ist klar, dass die Aufgabe auch als Transformationsaufgabe der Modulargleichungen aufgefasst werden kann.

Zu unseren weiteren Betrachtungen ist es nöthig, folgende Bezeichnungen einzuführen, die als Verallgemeinerung der von Hermite[1]) gebrauchten gelten können:

$$\varphi(\delta\tau, \delta')_0 = \sqrt{2}\; q^{\frac{\delta}{8\delta'}} \frac{\left(1+q^{\frac{2\delta}{\delta'}}\right)\left(1+q^{\frac{4\delta}{\delta'}}\right)\cdots\cdots}{\left(1+q^{\frac{\delta}{\delta'}}\right)\left(1+q^{\frac{3\delta}{\delta'}}\right)\cdots\cdots}, \text{ für:}$$

$$\omega = p\delta' K + q\delta i K' \text{ (}p\delta' \text{ und } q\delta \text{ relativ qrim).}$$

$$\varphi(\delta\tau, \delta')_s = \sqrt{2}\; \alpha^{\frac{\delta s}{16}}\, q^{\frac{\delta}{8\delta'}} \frac{\left(1+\alpha^{\delta s} q^{\frac{2\delta}{\delta'}}\right)\left(1+\alpha^{2\delta s} q^{\frac{4\delta}{\delta'}}\right)\cdots\cdots}{\left(1+\alpha^{\frac{\delta s}{2}} q^{\frac{\delta}{\delta'}}\right)\left(1+\alpha^{\frac{3\delta s}{2}} q^{\frac{3\delta}{\delta'}}\right)\cdots} \text{ für:}$$

$$s = 1 \,..\, \delta' - 1,$$

$$\alpha = e^{\frac{2i\pi}{n}} \quad \omega = (p\delta' + q\,16\,\xi)\,K + q\delta i K' = mK + m' i K',$$

wenn: $16\,\xi \equiv s \equiv \frac{m\delta}{m'}$ mod n, und m' und n den grössten gemeinsamen Theiler δ haben.

$$\varphi(\delta\tau, \delta')_\infty = \sqrt{2}\; q^{\frac{\delta'}{8\delta}} \frac{\left(1+q^{\frac{2\delta'}{\delta}}\right)\left(1+q^{\frac{4\delta'}{\delta}}\right)\cdots}{\left(1+q^{\frac{\delta'}{\delta}}\right)\left(1+q^{\frac{3\delta'}{\delta}}\right)\cdots}, \text{ für:}$$

$$\omega = p\delta K + q\delta' i K'.$$

Genau in derselben Weise mögen die ψ Functionen bezeichnet werden, indem man in:

$$\psi(\tau) = \frac{(1-q)(1-q^3)\ldots}{(1+q)(1+q^3)\ldots}$$

für τ der Reihe nach: $\frac{\delta\tau}{\delta'}$, $\frac{\delta\tau + s}{\delta'}$, $\frac{\delta'\tau}{\delta}$ setzt.

---

[1]) Hermite, sur la théorie des équations modulaires. Comptes rendus. 1859, tome 49.

Es ist dann $\psi(\delta\tau, \delta')_s$ die complementäre Funktion von $\varphi(\delta\tau, \delta')s$.

Bekanntlich lassen sich alle Linearsubstitutionen aus zwei Fundamentalsubstitutionen zusammensetzen, aus:

$$\begin{vmatrix} 0 & +1 \\ -1 & 0 \end{vmatrix} \text{ und } \begin{vmatrix} +1 & 0 \\ -1 & +1 \end{vmatrix},$$

wir werden daher zunächst auch nur die diesen entsprechenden Modularfunctionen:

$$\varphi\left(\delta\left[-\frac{1}{\tau}\right]\delta'\right)_s, \psi\left(\delta\left[-\frac{1}{\tau}\right]\delta'\right)_s, \varphi\left(\delta[\tau+1]\delta'\right)_s \quad \psi\left(\delta[\tau+1]\delta\right)_s$$

zu betrachten haben.

Wie soeben bemerkt wurde, geht die Function $\varphi(\delta\tau, \delta')_s$ in ihre complementäre über, wenn man für $u^8 : u'^8$, für $\omega : \omega' = m'K' - miK$ setzt.

$$\text{Sei } p = e^{\frac{-\pi K}{K'}}, \text{ so wird:}$$

$$\psi(\delta\tau, \delta')_s = \left(\frac{2}{\delta}\right)\left(\sqrt[2]{u'^8} \operatorname{snc} \frac{4\omega'}{n} \dots \operatorname{snc} \frac{2(n-1)\omega'}{n}\right. \text{ für:}$$

$$\omega = q\delta K' - (p\delta' + 16\xi q)iK$$

$$\psi(\delta\tau, \delta')_0 = \sqrt{2}\sqrt[8]{p^{\frac{u}{u'}}}\frac{\left(1+p^{\frac{2\delta'}{\delta}}\right)\left(1+p^{\frac{4\delta'}{\delta}}\right)\dots}{\left(1+p^{\frac{\delta'}{\delta}}\right)\left(1+p^{\frac{3\delta}{\delta}}\right)\dots}, \text{ für:}$$

$$\omega' = q\delta K' - p\delta\, iK.$$

$$\psi(\delta\tau, \delta')_s = \sqrt{2}\,\alpha^{\frac{u\sigma}{16}}\sqrt[8]{p^{\frac{u}{u'}}}\frac{\left(1+\alpha^{u\sigma}p^{\frac{2u}{u'}}\right)\left(1+\alpha^{2u\sigma}p^{\frac{4u}{u'}}\right)\dots}{\left(1+\alpha^{\frac{u\sigma}{2}}p^{\frac{u}{u}}\right)\left(1+\alpha^{\frac{3u\sigma}{2}}p^{\frac{3u}{u'}}\right)\dots}$$

für: $s = 1 \dots \delta - 1$,

$$\omega = m'k' - miK = q\delta K' - (p\delta' + 16\xi q)iK,$$

wenn u der grösste gemeinsame Theiler zwischen m und n, d. h. zwischen $p\delta' + 16\xi q$ und n oder zwischen δ' und 16ξ, ferner $uu' = n$ und:

$$\sigma \equiv -\frac{m'u}{m} \text{ mod n ist. Aber:}$$

$$s \equiv \frac{m\delta}{m'} \text{ mod n, also:}$$

$$\sigma \equiv -\frac{\delta u}{} \text{ mod n.}$$

$$\psi(\delta\tau,\delta')_\infty = \sqrt{2}\,\sqrt[8]{p^{\frac{\delta}{\delta'}}}\,\frac{\left(1+p^{\frac{2\delta}{\delta}}\right)\left(1+p^{\frac{4\delta}{\delta}}\right)\cdots}{\left(1+p^{\frac{\delta}{\delta'}}\right)\left(1+p^{\frac{3\delta}{\delta}}\right)\cdots} \text{ für:}$$

$$\omega' = q\,\delta' K' - p\,\delta\, i K.$$

Wir können die drei letzten Formeln in eine zusammenfassen:

$$\psi(\delta\tau,\delta')_s = \varphi\left(u\left[-\frac{1}{\tau}\right]u'\right)_\sigma,\quad s = 0,\ 1,\ \ldots\ \delta' - 1,\infty$$

oder:

$$\psi\left(\delta\left[-\frac{1}{\tau}\right]\delta'\right)_s = \varphi(u\tau,u')_\sigma,\quad s = 0,\ 1\ \ldots\ \delta - 1,\infty$$

wenn:

$$\sigma \equiv -\frac{\delta u}{s} \bmod n,$$

und u der grösste gemeinsame Theiler zwischen δ' und 16ξ oder zwischen δ und s ist.

Offenbar ergiebt sich bei derselben Bedeutung der Buchstaben ebenso:

$$\varphi\left(\delta\left[-\frac{1}{\tau}\right]\delta\right)_s = \psi(u\tau,u')_\sigma,\quad s = 0,\ 1\ \ldots\ \delta'-1,\infty.$$

In allen folgenden Betrachtungen zeigt es sich, dass die **Indices** Null und Unendlich genau denselben Gesetzen, wie die übrigen, folgen. Es geschieht daher der Allgemeinheit kein Abbruch, wenn in fernerem von ihnen abgesehen wird.

Noch zu bemerken ist, dass die rechten Seiten der beiden letzten Gleichungen auch dadurch entstanden gedacht werden können, dass in ψ resp. $\varphi(\tau)$ auf τ successive die Substitutionen n^{ten} und ersten Grades:

$$\begin{vmatrix} u & 0 \\ -16\varkappa & u' \end{vmatrix} \text{ und } \begin{vmatrix} 0 & +1 \\ +1 & 0 \end{vmatrix},$$

wo $16\varkappa \equiv \sigma \bmod n$, angewendet sind.

Der zweiten Fundamentaltransformation entsprechen die beiden Modularfunctionen: $\varphi(\delta[\tau+1]\delta')_s$ und $\psi(\delta[\tau+1]\delta')_s$. Nun ist nach Definition:

$$\varphi(\delta\tau,\delta')_s = \sqrt{2}\cdot\alpha^{\frac{\delta s}{16}}\cdot q^{\frac{\delta}{8\delta'}}\,\frac{\left(1+\alpha^{\delta s}\,q^{\frac{2\delta}{\delta}}\right)\left(1+\alpha^{2\delta s}\,q^{\frac{4\delta}{\delta}}\right)\cdots}{\left(1+\alpha^{\frac{\delta s}{2}}\,q^{\frac{\delta}{\delta'}}\right)\left(1+\alpha^{\frac{3\delta s}{2}}\,q^{\frac{3\delta}{\delta'}}\right)\cdots}$$

Also:

$$\varphi(\delta[\tau+1]\delta')_s = \sqrt{2}\, e^{\frac{\pi i n}{8}}\, \alpha^{\frac{\delta(s+\delta)}{16}}\, q^{\frac{\delta}{8\delta'}} \frac{\left(1+\alpha^{\delta(s+\delta)} q^{\frac{2\delta}{\delta'}}\right)\cdots}{\left(1-\alpha^{\frac{\delta(s+\delta)}{2}} q^{\frac{\delta}{\delta'}}\right)\cdots}$$

oder:

$$\varphi(\delta[\tau+1]\delta')_s = e^{\frac{\pi i n}{8}} \frac{\varphi(\delta\tau,\delta')_{s+\delta}}{\psi(\delta\tau,\delta')_{s+\delta}},\quad s=0,1\ldots\delta'-1,\infty.$$

Erhebt man beide Seiten auf die achte Potenz und zieht sie von der Einheit ab, so ergiebt sich:

$$\psi(\delta[\tau+1],\delta')_s^8 = \frac{1}{\psi(\delta\tau,\delta')^8_{s+\delta}} \text{ oder:}$$

$$\psi(\delta[\tau+1],\delta)_s = \varepsilon\, \frac{1}{\psi(\delta\tau,\delta')_{s+\delta}}$$

wenn ε eine achte Einheitswurzel bedeutet.

Die Wahl derselben bestimmt sich daraus, dass für $q=o$:

$$\lim \psi(\delta[\tau+1]\delta')_s = \lim \frac{1}{\psi(\delta\tau,\delta')_{s+\delta}} \text{ ist.}$$

Es folgt dann nämlich, dass auch allgemein:

$$\psi(\delta(\tau+1)\delta')_s = \frac{1}{\psi(\delta\tau,\delta')_{s+\delta}},\quad s=0,1,\ldots\delta'-1,\infty$$

sein muss.

Da auch in diesem Falle die rechten Seiten der beiden letzten Gleichungen durch successive Anwendung einer Transformation n^{ten} und ersten Grades entstanden gedacht werden können, so folgt, dass ähnliches für den Fall der allgemeinen Transformation ersten Grades gelten muss, d. h., dass sein muss:

$$\varphi\left(\delta\left[\frac{b_0-a_0\tau}{a_1\tau-b_1}\right]\delta'\right)_s = \varphi\left(\frac{-16\varkappa\alpha_0+u'\gamma_0-\alpha_0 u\tau}{\beta_0 u\tau_0+16\varkappa\beta_0-u'\delta_0}\right)$$

$$\psi\left(\delta\left[\frac{b_0-a_0\tau}{a_1\tau-b_1}\right]\delta'\right)_s = \psi\left(\frac{-16\varkappa\alpha_0+u'\gamma_0-\alpha_0 u\tau}{\beta_0 u\tau+16\varkappa\beta_0-u'\delta_0}\right),$$

wobei die Grössen $\varkappa$, u, u', α_0, β_0, γ_0, δ_0, sich als ganze Zahlen aus den Gleichungen bestimmen lassen:

---

[1]) In Betreff des Faktors $e^{\frac{\pi i n}{8}}$ siehe die Grenzbestimmung von Matthieu, journal de l'école polytechnique, cah. 42.

$$- \alpha_0 u = a_1\, 16\xi - a_0 \delta \quad (16\xi \equiv s \bmod n,\ \xi < \delta').$$
$$- 16\varkappa\alpha_0 + u'\gamma_0 = \delta b_0 - b_1\, 16\xi$$
$$\beta_0 u = a_1 \delta'$$
$$16\varkappa\beta_0 - u'\delta_0 = - b' \delta'$$
$$\alpha_0\delta_0 - \beta_0\gamma_0 = 1.$$
$$u u' = n.$$

Welches die Werthe von u, u', $16\varkappa$ sind, d. h. welches die Repräsentanten sind, durch die sich

$$\varphi\left(\delta\left[\frac{b_0 - a_0 \tau}{a_1 \tau - b_1}\right]\delta'\right)_s \text{ und } \psi\left(\delta\left[\frac{b_0 - a_0 \tau}{a_1 \tau - b_1}\right]\delta'\right)_s$$

ausdrücken lasssen, ist unmittelbar ersichtlich.

In der That, es ist u der grösste gemeinsame Theiler zwischen $a_0\delta - a_1\, 16\xi$ und $a_1\delta'$ oder zwischen $a_0\delta - a_1 s$ und $a_1\delta'$, ferner $u' = \frac{n}{u}$ und:

$$16\varkappa \equiv \sigma \equiv u\left(\frac{- b_0\delta + b_1 s}{a_0\delta - a_1 s}\right) \bmod n.$$

Es bleibt somit nur übrig aus den Gleichungen die Grössen α_0, β_0, γ_0, δ_0 für die einzelnen Transformationsfälle festzustellen. Durch dieselben ist dann die Form der Ausdrücke von

$$\varphi\left(\delta\left[\frac{b_0 - a_0 \tau}{a_1 \tau - b_1}\right]\delta'\right)_s \text{ und } \psi\left(\delta\left[\frac{b_0 - a_0 \tau}{a_1 \tau - b_1}\right]\delta'\right)_s$$

durch jene schon gefundenenen Repräsentanten eindeutig bestimmt.

Da die Rechnung sich hierbei ziemlich langwierig gestaltet, empfiehlt sich eine andere Methode, durch welche dasselbe Resultat auf kürzerem Wege erreicht wird. Es ist dieselbe analog derjenigen, die Schläfli in seiner schon citirten Arbeit angewendet hat[1]).

Wir unterscheiden sechs Transformationsfälle.

I $a_0 \equiv b_1 \equiv 1$, $a_1 \equiv b_0 \equiv 0 \bmod 2$.

Nach Schläfli lassen sich alle Substitutionen dieser Art zusammensetzen aus der successiven Anwendung einer geraden Anzahl von Substitutionen der Form:

$$\begin{vmatrix} 1 & 0 \\ -2g_1 & 1 \end{vmatrix} \begin{vmatrix} 1 & 2h_1 \\ 0 & 1 \end{vmatrix} \cdots \begin{vmatrix} 1 & 0 \\ -2g_r & 0 \end{vmatrix} \begin{vmatrix} 1 & 2h_r \\ 0 & 1 \end{vmatrix}.$$

---

[1]) Siehe pag. 6,

wobei:

$$\left.\begin{aligned} 2\sum_1^r g_m &\equiv - b_0 a_0 + a_0^2 - 1 \equiv - b_0 b_1 + b_1^2 - 1 \\ -2\sum_1^r h_m &\equiv \quad a_1 a_0 + a_0^2 - 1 \equiv + a_1 b_1 + b_1^2 - 1 \end{aligned}\right\} \text{mod } 16$$

Nun ist aber, wie aus der Zusammensetzung der beiden Fundamentransformationen unmittelbar folgt:

$$\varphi(\delta[\tau + 2k]\delta')_s = e^{\frac{2i\pi nk}{8}} \varphi(\delta\tau, \delta')_{s+2k\delta}$$

$$\psi(\delta[\tau + 2k]\delta')_s = \quad . \quad \psi(\delta\tau, \delta')_{s+2k\delta}$$

$$\varphi\left(\delta\left[\frac{\tau}{1-2k\tau}\right]\delta'\right)_s = \varphi(u\tau, u')_{\frac{su}{\delta-2ks}}$$

$$\psi\left(\delta\left[\frac{\tau}{1-2k\tau}\right]\delta'\right)_s = e^{\frac{2i\pi kn}{8}} \psi(u\tau, u')_{\frac{su}{\delta-2ks}}$$

wenn u der grösste gemeinsame Theiler zwischen

$2k\delta'$ und $\delta - 2ks$,

$u u'' = n$ ist.

Setzen wir daher $e^{\frac{i\pi}{8}} = \varrho$, so folgt für den ersten Transformationsfall allgemein:

$$\varphi\left(\delta\left[\frac{b_0 - a_0\tau}{a_1\tau - b_1}\right]\delta'\right)_s = \varrho^{nA_1}, \varphi(u\tau, u')_{u\left(\frac{-b_0\delta + b_1 s}{a_0\delta + a_1 s}\right)}$$

$$\psi\left(\delta\left[\frac{b_0 - a_0\tau}{a_1\tau - b_1}\right]\delta'\right)_s = \varrho^{nB_1}, \psi(u\tau, u')_{u\left(\frac{-b_0\delta + b_1 s}{a_0\delta + a_1 s}\right)}$$

wobei:

$$\left.\begin{aligned} A_1 &\equiv - b_0 a_0 + a_0^2 - 1 \equiv - b_0 b_1 + b_1^2 - 1 \\ B_1 &\equiv a_1 a_0 + a_0^2 - 1 \equiv + a_1 b_1 + b_1^2 - 1 \end{aligned}\right\} \text{mod } 16$$

u der grösste gemeinsame Theiler zwischen $a_0\delta - a_1 s$ und $a_1\delta'$,

und $u' = \frac{n}{u}$ ist.

Die fünf anderen Transformationsfälle lassen sich nach der von Schläfli angegebenen Methode auf den ersten Fall reduciren.

Dabei ergeben sich folgende Resultate:

II $a_0 \equiv 0$, $a_1 \equiv 1$, $b_0 \equiv 1$, $b_1 \equiv 0$ mod 2.

$$\varphi\left(\delta\left[\frac{b_0 - a_0\tau}{a_1\tau - b_1}\right]\delta'\right)_s = \varrho^{nA_2}\ \psi(u\tau, u')_\sigma$$

$$\psi\left(\delta\left[\frac{b_0 - a_0\tau}{a_1\tau - b_1}\right]\delta'\right)_s = \varrho^{nB_2}\ \varphi(u\tau, u')\sigma,\text{ wobei:}$$

$$\left.\begin{array}{l} A_2 \equiv b_0\,a_0 + b_0^2 - 1 \equiv -a_1\,a_0 + a_1^2 - 1 \\ B_2 \equiv b_0\,b_1 + b_0^2 - 1 \equiv -a_1\,b_1 + a_1^2 - 1 \end{array}\right\}\text{ mod } 16.$$

III $a_0 \equiv 1,\ a_1 \equiv 1,\ b_0 \equiv 0,\ b_1 \equiv 1$ mod 2.

$$\varphi\left(\delta\left[\frac{b_0 - a_0\tau}{a_1\tau - b_1}\right]\delta'\right)_s = \varrho^{nA_3}\ \frac{1}{\varphi(u\tau, u')\sigma}$$

$$\psi\left(\delta\left[\frac{b_0 - a_0\tau}{a_1\tau - b_1}\right]\delta'\right)_s = \varrho^{nB_3}\ \frac{\psi(u\tau, u')\sigma}{\varphi(u\tau, u')\sigma}$$

$$\left.\begin{array}{l} A_3 \equiv -b_1\,b_0 + b_1^2 - 1 \equiv b_0\,a_0 + a_0^2 - 1, \\ B_3 \equiv a_1\,b_1 \end{array}\right\}\text{ mod } 16.$$

IV $a_0 \equiv 0,\ a_1 \equiv 1,\ b_0 \equiv 1,\ b_1 \equiv 1$ mod 2.

$$\varphi\left(\delta\left[\frac{b_0 - \alpha_0\tau}{\alpha_1\tau - b_1}\right]\delta'\right)_s = \varrho^{nA_4}\ \frac{1}{\psi(u\tau, u')\sigma}$$

$$\psi\left(\delta\left[\frac{b_0 - a_0\tau}{a_1\tau - b_1}\right]\delta'\right)_s = \varrho^{nB_4}\ \frac{\varphi(u\tau, u')\sigma}{\psi(u\tau, u')\sigma}$$

$$\left.\begin{array}{l} A_4 \equiv -a_0\,b_0 + b_0^2 - 1 \equiv -a_1\,a_0 + a_1^2 - 1, \\ B_4 \equiv -a_1\,b_1 \end{array}\right\}\text{ mod } 16.$$

V $a_0 \equiv 1,\ a_1 \equiv 0,\ b_0 \equiv 1,\ b_1 \equiv 1$ mod 2.

$$\varphi\left(\delta\left[\frac{b_0 - a_0\tau}{a_1\tau - b_1}\right]\delta'\right)_s = \varrho^{nA_5}\ \frac{\varphi(u\tau, u')\sigma}{\psi(u\tau, u')\sigma}$$

$$\psi\left(\delta\left[\frac{b_0 - a_0\tau}{a_1\tau - b_1}\right]\delta'\right)_s - \varrho^{nB_5}\ \frac{1}{\psi(u\tau u')\sigma}$$

$$\left.\begin{array}{l} A_5 \equiv -b_0\,a_0, \\ B_0 \equiv -a_1\,b_1 + b_1^2 - 1 \equiv a_0\,a_1 + a_0^2 - 1 \end{array}\right\}\text{ mod } 16.$$

VI $a_0 \equiv 1,\ a_1 \equiv 1,\ b_0 \equiv 1,\ b_1 \equiv 0$ mod 2.

$$\varphi\left(\delta\left[\frac{b_0 - a_0\tau}{a_1\tau - b_1}\right]\delta'\right)_s = \varrho^{nA_6}\ \frac{\psi(u\tau, u')\sigma}{\varphi(u\tau, u')\sigma}$$

$$\varphi\left(\delta\left[\frac{b_0 - a_0\tau}{a_1\tau - b_1}\right]\delta'\right)_s = \varrho^{nB_6}\ \frac{1}{\varphi(u\tau, u')\sigma}.$$

$$\left.\begin{array}{l} A_6 \equiv a_0\,b_0, \\ B_6 \equiv b_1\,b_0 + b_0^2 - 1 \equiv a_1\,b_1 + a_1^2 - 1 \end{array}\right\}\text{ mod } 16.$$

In allen Fällen ist:

$$\sigma \equiv u\left(\frac{-b_0\delta + b_1 s}{\delta a_0 - a_1 s}\right)\text{ mod n}$$

u der grösste gemeinsame Theiler zwischen

$$a_0\,\delta - a_1\,s \text{ und } a_1\,\delta',$$

endlich $u' = \frac{n}{u}$.

Hiermit ist aber dieselbe Aufgabe für einen beliebigen unpaaren Transformationsgrad gelöst, wenn alle diejenigen Repräsentanten ausgeschlossen werden, bei welchen δ, δ', s einen gemeinsamen Theiler haben.

Es wird dieses nachgewiesen sein, wenn wir zeigen, dass in keinem der sechs Transformationsfälle:

$$\varphi\left(\delta\left[\frac{b_0 - a_0\,\tau}{a_1\,\tau - b_1}\right]\delta'\right)_s \text{ und } \psi\left(\delta\left[\frac{b_0 - a_0\,\tau}{a_1\,\tau - b_1}\right]\delta'\right)_s$$

auf eine ψ oder φ Fraktion führt, die zu den ausgeschlossenen Repräsentanten gehöät.

Es genügt den Beweis für die beiden Fundamentaltransformationen zu führen, da er alsdann allgemein richtig sein muss.

Nun war

$$\varphi\left(\delta\left[-\frac{1}{\tau}\right]\delta'\right)_s = \psi(u\,\tau, u')_\sigma, \text{ wobei die Gleichungen galten:}$$

$$\begin{aligned} -\alpha u &= 16\,\xi \\ -16\,\varkappa\alpha + u'\gamma &= -\delta \\ \beta u &= \delta' \\ 16\varkappa\beta_0 - u'\delta_0 &= 0. \end{aligned}$$

Aus den Gleichungen folgt, dass jeder gemeinsame Theiler von 16 $\varkappa$, u, u' gemeinsamer Theiler von 16 ξ, δ, δ' sein müsste, was nach Annahme unmöglich ist.

Aehnlich gestaltet sich der Beweis für $\varphi(\delta[\tau + 1]\delta')_s$.

Was endlich die Transformationen paaren Grades anbetrifft, so lassen sich diese aus Transformationen unpaaren und Transformationen zweiten G. zusammensetzen. In welcher Weise dieses geschieht, ist in den einzelnen Fällen zu berechnen und dann die frühere Methode auf die unpaare Transformation anzuwenden.

II.

Ueber die Reduction der Modulargleichungen, die zu einer Transformation des 5., 7., 11. Grades gehören.

Nach Galois ist es möglich, den Grad der Modulargleichungen, die zu einer Transformation des 5, 7, 11ten Grades gehören, durch eine rationale Substitution um die Einheit zu verringern. Es soll versucht werden, im Folgenden die Richtigkeit dieses Satzes nachzuweisen:[1]

Der Beweis stützt sich auf Reihenentwickelungen der Wurzel der Modulargleichungen nach gebrochenen u Potenzen, wenn u^8 die frühere Bedeutung hat. Dieselben sind für Primzahltransformationen von Mathieu in seiner schon citirten Abhandlung[2]) durchgeführt und der Weg gezeigt, auf welchem man die Coefficienten berechnen kann.

Für Transformationen beliebiger Grade ist die Form der Entwickelung von Koenig aufgestellt worden:[3])

Wir beschäftigen uns zunächst ausschliesslich mit der Modulargleichung, die zu einer Transformation fünften Grades gehört. Nach ihrer Betrachtung wird es leicht sein, die gefundenen Resultate zu verallgemeinern.

Die Gleichung lautet nun:

$$v^6 - u^6 - 4uv(1 - u^4 v^4) + 5\, u^2\, v^2(v^2 - u^2) = 0,$$

wobei v die unbekannte, $u^8 = \psi(\tau)^8$ der primäre Modul ist.

---

[1]) Ein Beweiss desselben Satzes ist von Hermite angedeutet: comptes rendus 1859, tome 49.

[2]) Siehe pag. 11.

[3]) Koenig: Zur Theorie der Modulargleichungen der elliptischen Funktionen, Heidelberg, 1871.

Ihre Wurzeln sind:

$$-\varphi(5\tau),\ \varphi\left(\frac{\tau}{5}\right),\ \varphi\left(\frac{\tau+16}{5}\right),\ \varphi\left(\frac{\tau+2.16}{5}\right),\ \varphi\left(\frac{\tau+3.16}{5}\right),$$
$$\varphi\left(\frac{\tau+4.16}{5}\right).$$

Bezeichnen wir diese Ausdrücke der Reihe nach mit:

$$\varkappa_\infty,\ \varkappa_0,\ \varkappa_1,\ \varkappa_2,\ \varkappa_3,\ \varkappa_4$$

und setzen $\alpha_1 = e^{\frac{8\,2\pi i}{5}}$, so sind die angedeuteten Entwickelungen:

$$\varkappa_0 = A_1 u^{1/5} + A_2 u^{9/5} + A_3 u^{17/5} + A_4 u^{25/5} + A_5 u^{33/5} + \ldots$$
$$\varkappa_1 = A_1 \alpha_1 u^{1/5} + A_2 \alpha_1{}^4 u^{9/5} + A_3 \alpha_1{}^2 u^{17/5} + A_4 u^{25/5} + A_5 \alpha_1{}^3 u^{33/5} + \ldots$$
$$\varkappa_2 = A_1 \alpha_1{}^2 u^{1/5} + A_2 \alpha_1{}^3 u^{9/5} + A_3 \alpha_1{}^4 u^{17/5} + A_4 u^{25/5} + A_5 \alpha_1 u^{33/5} + \ldots$$
$$\varkappa_3 = A_1 \alpha_1{}^3 u^{1/5} + A_2 \alpha_1{}^2 u^{9/5} + A_3 \alpha_1 u^{17/5} + A_4 u^{25/5} + A_5 \alpha_1{}^4 u^{33/5} + \ldots$$
$$\varkappa_4 = A_1 \alpha_1{}^4 u^{1/5} + A_2 \alpha_1 u^{9/5} + A_3 \alpha_1{}^3 u^{17/5} + A_4 u^{25/5} + A_5 \alpha_1{}^2 u^{33/5} + \ldots$$
$$\varkappa_\infty = -B_0 u^5,\ -B_1 u^{13},\ -B_2 u^{21} \ldots,$$

wobei die A_1, A_2 ... B_0, B_1 ... reine Zahlenfactoren sind.

Es haben diese Grössen die Eigenthümlichkeit, dass sie, abgesehen von einer achten Einheitswurzel, die bei allen dieselbe ist, in einander übergehen, wenn man an Stelle von $u : u e^{\frac{si\pi}{4}}$, $s = 1 \ldots 7$, setzt.

Durch Einführung der complementären Modularfunctionen erhält man eine Entwickelung derselben Grössen nach Potenzen von $(u-1)^{1/5}$. Die Richtigkeit der Indices folgt aus den früher gewonnenen Resultaten.

$$\varkappa_{-1/0} = \varkappa_\infty = -[1 + B_1'(u-1)^{1/5} + B_2'(u-1)^{2/5} + B_3'(u-1)^{3/5} + \ldots]$$
$$\varkappa_{-1/1} = \varkappa_4 = -[1 + B_1'\alpha_1 (u-1)^{1/5} + B_2'\alpha_1{}^2(u-1)^{2/5} + B_3'\alpha_1{}^3(u-1)^{3/5} + \ldots]$$
$$\varkappa_{-1/2} = \varkappa_2 = -[1 + B_1'\alpha_1{}^2(u-1)^{1/5} + B_2'\alpha_1{}^4(u-1)^{2/5} + B_3'\alpha_1 (u-1)^{3/5} + \ldots]$$
$$\varkappa_{-1/3} = \varkappa_3 = -[1 + B_1'\alpha_1{}^3(u-1)^{1/5} + B_2'\alpha_1(u-1)^{2/5} + B_3'\alpha_1{}^4(u-1)^{3/5} + \ldots]$$
$$\varkappa_{-1/4} = \varkappa_1 = -[1 + B_1'\alpha_1{}^4(u-1)^{1/5} + B_2'\alpha_1{}^3(u-1)^{2/5} + B_3'\alpha_1{}^2(u-1)^{3/5} + \ldots]$$
$$\varkappa_{-\frac{1}{\infty}} = \varkappa_0 = 1 + C_1(u-1)^5 + C_2(u-1)^{5+1} + \ldots,$$

wo die B_1', B_2' ... C_1, C_2 ... reine Zahlengrössen bedeuten.

Aus dem so eben Bemerkten geht hervor, dass man, abgesehen von achten Einheitswurzeln, weitere Entwickelungen derselben Wurzelgrössen nach Potenzen von $\left(u - e^{\frac{si\pi}{4}}\right)^{1/5}_{s=1\ldots7}$ erhält, wenn man für

$u : u e^{\frac{s i \pi}{4}}$ $s = 1 \ldots 7$ in die letzten Formeln einsetzt.

Es sind dieses die angedeuteten Entwickelungen.

Der zu beweisende Satz lautet:

Sei:

$$\Phi(\tau) = \left[\varphi(5\tau) + \varphi\left(\frac{\tau}{5}\right)\right]\left[\varphi\left(\frac{\tau+16}{5}\right) - \varphi\left(\frac{\tau+4.16}{5}\right)\right]\left[\varphi\left(\frac{\tau+2.16}{5}\right) - \varphi\left(\frac{\tau+3.16}{5}\right)\right]$$

$$\text{oder } \Phi(\tau) = [\varkappa_\infty - \varkappa_0]\,[\varkappa_4 - \varkappa_1]\,[\varkappa_2 - \varkappa_3],$$

so sind die Grössen:

$$\Phi(\tau),\ \Phi(\tau+16),\ \Phi(\tau+2.16),\ \Phi(\tau+3.16),\ \Phi(\tau+4:16),$$

Lösungen der Gleichung fünften Grades:

$$\Phi^5 - 2^4 5^3 \Phi . \varphi^4(\tau)\, \psi^{16}(\tau) - 2^6 \sqrt{5^3}\, \varphi^3(\tau)\, \psi^{16}(\tau)[1 + \varphi^8(\tau)] = 0.$$

Wir beweisen ihn, indem wir allgemein die Form der r^{ten} Potenzsumme:

$$\sum_{0}^{4}{}_{\varsigma}\, \Phi(\tau + 16\varsigma)^r$$

feststellen.

Die erste Reihenentwicklung der $\varkappa$ kann in die Form gebracht werden:

$$\varkappa_0 = u^{1/5}S_1 + u^{2/5}S_2 + u^{3/5}S_3 + u^{4/5}S_4 + u^{5/5}S_5.$$
$$\varkappa_1 = u^{1/5}\alpha_1 S_1 + u^{2/5}\alpha_1{}^2 S_2 + u^{3/5}\alpha_1{}^3 S_3 + u^{4/5}\alpha_1{}^4 S_4 + u^{5/5}S_5.$$
$$\varkappa_2 = u^{1/5}\alpha_1{}^2 S_1 + u^{2/5}\alpha_1{}^4 S_2 + u^{3/5}\alpha_1 S_3 + u^{4/5}\alpha_1{}^3 S_4 + u^{5/5}S_5.$$
$$\varkappa_3 = u^{1/5}\alpha_1{}^3 S_1 + u^{2/5}\alpha_1 S_2 + u^{3/5}\alpha_1{}^4 S_3 + u^{4/5}\alpha_1{}^2 S_4 + u^{5/5}S_5.$$
$$\varkappa_4 = u^{1/5}\alpha_1{}^4 S_1 + u^{2/5}\alpha_1{}^3 S_2 + u^{3/5}\alpha_1{}^2 S_3 + u^{4/5}\alpha_1 S_4 + u^{5/5}S_5.$$
$$\varkappa_\infty = -u^5 S_6,$$

wo $S_1 \ldots S_6$ Reihen sind, die nach ganzen Potenzen von u fortschreiten.

Hieraus folgt zunächst, dass

$$\Phi(\tau) = (\varkappa_0 - \varkappa_\infty)\,(\varkappa_1 - \varkappa_4)\,(\varkappa_2 - \varkappa_3)$$

eine ganze Fkt. von $u^{1/5}$ ist, dass ferner, wenn wir setzen:

$$\Phi(\tau) = f(u^{1/5}) \text{ wird:}$$

$$\Phi(\tau + 16) = f(\alpha u^{1/5})$$

$$\Phi(\tau + 2.16) = f(\alpha^2 u^{1/5})$$

$$\Phi(\tau + 3\,.\,16) = f(\alpha^3 u^{1/5})$$

$$\Phi(\tau + 4\,.\,16) = f(\alpha^4 u^{1/5})$$

Also:

$$\sum_0^4{}_\xi \Phi_{(\tau + 16\xi)^r} = f(u^{1/5})^r + \ldots f(\alpha^4 u^{1/5})^r,$$

d. h. es dürfen in den einzelnen Potenzsummen gebrochene Potenzen von u nicht vorkommen. In der That, es sind dieselben in den einzelnen f Fkt. stets mit einer anderen fünften Einheitswurzel multiplicirt und heben sich daher in der Summe gegen einander auf.

Der Grund hiervon ist der, dass die Potenzsummen sich nicht ändern, wenn man an Stelle von $\tau : \tau + 16\xi$, oder, was dasselbe ist, an Stelle von $\varkappa_k : \varkappa_{k+16\xi}$ setzt.

Jede der f-Fkt. hat den Factor $u^{3/5}$, mithin die r^te^ Potenzsumme derselben den Factor $u^{\frac{3r}{5}}$. Daraus und aus dem vorher Bemerkten folgt, dass ist:

$$\text{I.} \quad \sum_0^4{}_\xi \Phi(\tau + 16) = u^{\frac{3r+v}{5}} F(u),$$

wo F(u) eine ganze Fkt. von u und v die kleinste ganze positive Zahl ist, die

$$3r + v \equiv 0 \bmod 5$$

macht.

Bringt man die zweite Reihenentwickelung der $\varkappa$ in die Form:

$$\varkappa_\infty = -[1 + (u-1)^{1/5} S_1' + (u-1)^{2/5} S_2' + \ldots (u-1)^{5/5} S_5']$$
$$\varkappa_4 = -[1 + (u-1)^{1/5} \alpha_1 S_1' + (u-1)^{2/5} \alpha_1{}^2 S_2' + \ldots (u-1)^{5/5} S_5']$$
$$\varkappa_2 = -[1 + (u-1)^{1/5} \alpha_1{}^2 S_1' + (u-1)^{2/5} \alpha_1{}^4 S_2' + \ldots (u-1)^{5/5} S_5']$$
$$\varkappa_3 = -[1 + (u-1)^{1/5} \alpha_1{}^3 S_1' + (u-1)^{2/5} \alpha_1 S_2' + \ldots (u-1)^{5/5} S_5']$$
$$\varkappa_1 = -[1 + (u-1)^{1/5} \alpha_1{}^4 S_1' + (u-1)^{2/5} \alpha_1{}^3 S_2' + \ldots (u-1)^{5/5} S_5']$$
$$\varkappa_0 = 1 + (u-1)^5 S_6',$$

wo $S_1' \ldots S_6'$ Reihen sind, die nach ganzen Potenzen von (u—1) fortschreiten, so folgt ähnlich wie vorher, dass die Grössen $\sum_0^4{}_\xi \Phi(\tau + 16\xi)^r$ ganze Fkt. von (u — 1) sind und den Factor $(u-1)^{\frac{2r+\mu}{5}}$ haben müssen, wenn μ die kleinste ganze positive Zahl ist, die

$$2r + \mu \equiv 0 \bmod 5$$

macht.

Was von der Entwickelung nach Potenzen von $u-1$ gilt, ist wörtlich zu übertragen auf die Entwickelungen nach Potenzen von $u-e^{\frac{si\pi}{4}}{}_{s=1\ldots7}$. Es muss daher die r^{te} Potenzsumme $\sum_0^4 \xi\, \Phi(\tau+16\xi)^r$ den Factor:

$$\left[(u-1)\left(u-e^{\frac{i\pi}{4}}\right)\ldots\left(u-e^{\frac{7i\pi}{4}}\right)\right]^{\frac{2r+\mu}{5}}=\left(u^8-1\right)^{\frac{2r+\mu}{5}}$$

haben, wo u in derselben Bedeutung wie vorher gebraucht ist.

Also:

$$\text{II.}\quad \sum_0^4 \xi\, \Phi(\tau+16\xi)^r = u^{\frac{3r+v}{5}}(u^8-1)^{\frac{2r+\mu}{5}} F_1(u),$$

wobei v und μ die vorher angegebenen Grössen sind und $F_1(u)$ eine vorläufig noch unbestimmte ganze Fkt. von u bedeutet.

Der Grund, wesshalb die letzten Schlüsse gezogen werden konnten, ist der, dass die Potenzsummen sich nicht ändern, wenn an Stelle von $\varkappa_k : \varkappa_{-\frac{1}{k}}$ gesetzt wird.

Es bleibt übrig, die Form von $F_1(u)$ festzustellen.

Wie bemerkt, gehen die einzelnen Wurzeln, abgesehen von derselben achten Einheitswurzel in einander über, wenn man an Stelle von $u : ue^{\frac{si\pi}{4}}$, $s = 1 \ldots 7$ setzt. Dabei zeigt es sich, dass die Potenzsummen mit Ausnahme eines constanten Factors, der eine achte Einheitswurzel ist, unverändert bleiben. Auch dieses hat darin seinen Grund, dass man in

$$\sum_0^4 \xi\, \Phi(\tau+16\xi)$$

an Stelle von $\varkappa_k : \varkappa_k + 16\xi$ setzen kann, ohne den Ausdruck zu ändern.

Hieraus folgt unmittelbar, dass sein muss:

$$F_1(u) = \text{const. } u^s[1 + c_1u^8 + c_2u^{16} + c_3u^{24} + \ldots\ldots].$$

Der Grad könnte dabei noch ein beliebiger hoher sein. Nun bleibt aber die Modulargleichung ungeändert, wenn man an Stelle von $u : \frac{1}{u}$ von $v : \frac{1}{v}$ setzt.

Bei dieser Substitution wird in unserem Falle aus:

$$\varkappa_\infty,\quad \varkappa_0,\quad \varkappa_1,\quad \varkappa_2,\quad \varkappa_3,\quad \varkappa_4, \text{ resp.:}$$

$$\frac{1}{\varkappa_1},\quad \frac{1}{\varkappa_0},\quad \frac{1}{\varkappa_2},\quad \frac{1}{\varkappa_3},\quad \frac{1}{\varkappa_4},\quad \frac{1}{\varkappa_\infty},$$

oder allgemein aus:

$$\varkappa_k : \varkappa_{\frac{k}{1+k}}^{\ \ 1}.$$

Daher wird:

$$\Phi(\tau)_{\frac{1}{u}} = -\frac{\Phi(\tau + 3 \cdot 16)}{\varkappa_1 \varkappa_2 \varkappa_3 \varkappa_4 \varkappa_5 \varkappa_6}$$

$$\Phi(\tau + 16\xi)_{\frac{1}{u}} = -\frac{\Phi(\tau + 2 \cdot 16)}{\varkappa_1 \varkappa_2 \varkappa_3 \varkappa_4 \varkappa_5 \varkappa_6} \text{ u. s. w.}$$

Also:

$$\sum_0^4{}^{\xi} \Phi(\tau + 16\xi)^r_{\frac{1}{u}} = \pm \sum_0^4{}^{\xi} \frac{\Phi(\tau + 16\xi)^r_u}{(\varkappa_1 \varkappa_2 \ldots \varkappa_6)^r}.$$

Nun ist $\varkappa_1 \varkappa_2 \varkappa_3 \ldots \varkappa_6 = -u^6$ also:

$$\sum_0^4{}^{\xi} \Phi(\tau + 16\xi)^r_{\frac{1}{u}} = \sum_0^4{}^{\xi} \frac{\Phi(\tau + 16\xi)^r_u}{u^{6r}}.$$

Es erlaubt dieses Resultat mehrere Schlüsse zu ziehen.

Wir fanden für die r^{te} Potenzsumme die Form:

$$\sum_0^4{}^{\xi} \Phi(\tau + 16\xi)^r = c \cdot u^{p_r}(u^8 - 1)^{q_r}(1 + au^8 + a_1 u^{16} + \ldots).$$

Soll aber dieser Ausdruck, wenn für $u : \frac{1}{u}$ gesetzt wird, in sich selbst, dividirt durch eine u-Potenz übergehen, so muss erstens q_r eine gerade Zahl, zweitens

$$1 + a u^8 + a_1 u^{16} + \ldots$$

eine reciproke Gleichung sein.

Ferner folgt, dass der Grad der rechten Seite als Function von u betrachtet, gleich ist:

$$6r - p_r.$$

Somit ergibt sich das Endresultat:

$$\text{III.} \quad \sum_0^4{}^{\xi} \Phi(\tau + 16\xi)^r = u^{p_r}(u^8 - 1)^{q^r}(a_{0r} + a_{1r}u^8 + \ldots a_{mr}u^{8m}),$$

wobei:

$$p_r \geq \frac{3r + v}{5},$$

$$q_r \equiv 0 \bmod 2 \geq \frac{2r+\mu}{5},$$

$$8m_r + 8q_r = 6r - 2p_r,$$

$a_{ir} = a_{(m-i)r}$ und v und μ

die kleinsten ganzen positiven Zahlen sind, die den Congruenzen genügen:

$$3r + v \equiv 0 \bmod 5,$$

$$2r + \mu \equiv 0 \bmod 5.$$

Für r = 1, 2, 3 kann diesen Bedingungen nicht zu gleicher Zeit genügt werden, es sei denn, die Potenzsummen wären gleich Null.

Für r = 4 und r = 5 folgt nothwendig die Form:

$$\sum_0^4{}^{\xi} \Phi(\tau + 16\xi)^4 = a u^4(1-u^8)^2,$$

$$\sum_0^4{}^{\xi} \Phi(\tau + 16\xi)^5 = a_1 u^2(1-u^8)^2(1+u^8).$$

Bestimmt man noch die beiden Constanten a und a_1, was ohne Schwierigkeit geschehen kann, so ergiebt sich in der That, dass die Grössen:

$$\Phi(\tau),\ \Phi(\tau+16),\ \Phi(\tau+2.16),\ \Phi(\tau+3.16),\ \Phi(\tau+4.16)$$

Wurzeln der Gleichung fünften Grades sind:

$$\Phi^5 - 2^4 5^3\, \Phi\varphi^4(\tau)(1=\varphi^8(\tau))^2 - 2^6 \sqrt{5^3}\varphi^2(\tau)(1-\varphi^8(\tau))^2(1+\varphi^8(\tau)) = 0,$$

wobei

$$\varphi(\tau) = u.$$

Anmerkung. Der Beweis, dass die erste Potenzsumme gleich Null ist, lässt sich noch auf mehrere andere Weisen führen.

Es empfiehlt sich eine Methode, durch die zugleich gezeigt wird, dass auch die dritte Potenzsumme gleich Null sein muss.

Wir wollen dieselbe kurz angeben.

An Stelle der φ-Fkt. können die complementären Functionen eingeführt werden, da hierdurch das Endresultat keine Aenderung erleidet.

Nun ist:

$$\psi(\tau) = \frac{\Sigma\ (-1)^m q^{1/2(3m^2+m)}}{\Sigma\ (-1)^{1/2 m(m+1)} q^{1/2(3m^2+m)}}.$$

Also:

$$\psi\left(\frac{\tau}{5}\right) = \frac{\Sigma\,(-1)^m q^{1/2\left(\frac{3m^2+m}{5}\right)}}{\Sigma\,(-1)^{1/2m(m+1)} q^{1/2\left(\frac{3m^2+m}{5}\right)}}.$$

Wir können den Quotienten in die Form bringen:

$$\psi\left(\frac{\tau}{5}\right) = \frac{q^{1/5}A_1 + q^{2/5}A_2 + A_3}{q^{1/5}B_1 + q^{2/5}B_2 + B_3},$$

wo A_1, A_2, A_3, B_1, B_2, B_3 Summen sind, die nach einem bestimmten Gesetze nach ganzen Potenzen von q fortschreiten.

In der That, es können Exponentialgrössen der Form:

$$\pm\, q^{\frac{3+5m}{5}} \quad \text{und} \quad \pm\, q^{\frac{4+5m}{5}}$$

nicht vorkommen, da die beiden Congruenzen:

$$\begin{aligned} 1/2(3m^2 + m) &\equiv 3 \bmod 5 \text{ und} \\ 1/2(3m^2 + m) &\equiv 4 \bmod 5, \end{aligned}$$

oder wie man sie schreiben kann:

$$\begin{aligned} (6m + 1)^2 &\equiv 3 \bmod 5, \\ (6m + 1)^2 &\equiv 2 \bmod 5, \end{aligned}$$

nicht lösbar sind.

Daraus folgt, dass wird:

$$\psi\left(\frac{\tau+16}{5}\right) = \frac{\alpha_1 q^{1/5}A_1 + \alpha_1^2 q^{2/5}A_2 + A_3}{\alpha_1 q^{1/5}B_1 + \alpha_1^2 q^{2/5}B_2 + B_3},$$

$$\psi\left(\frac{\tau+2.16}{5}\right) = \frac{\alpha_1^2 q^{1/5}A_1 + \alpha_1^4 q^{2/5}A_2 + A_3}{\alpha_1^2 q^{1/5}B_1 + \alpha_1^4 q^{2/5}B_2 + B_3},$$

$$\psi\left(\frac{\tau+3.16}{5}\right) = \frac{\alpha_1^3 q^{1/5}A_1 + \alpha_1 q^{2/5}A_2 + A_3}{\alpha_1^3 q^{1/5}B_1 + \alpha_1 q^{2/5}B_2 + B_3},$$

$$\psi\left(\frac{\tau+4.16}{5}\right) = \frac{\alpha_1^4 q^{1/5}A_1 + \alpha_1^3 q^{2/5}A_2 + A_3}{\alpha_1^4 q^{1/5}B_1 + \alpha_1^3 q^{2/5}B_2 + B_3},$$

$$\psi(5\tau) = -\frac{A_2}{B_2}.$$

Mit Hülfe dieser Grössen haben wir zu bilden:

$$\Psi(\tau) = \left[\psi(5\tau) + \psi\left(\frac{\tau}{5}\right)\right]\left[\psi\left(\frac{\tau+16}{5}\right) - \psi\left(\frac{\tau+4.16}{5}\right)\right]$$
$$\left[\psi\left(\frac{\tau+2.16}{5}\right) - \psi\left(\frac{\tau+3.16}{5}\right)\right]$$

Bezeichnen wir nach Einsetzung der obigen Grössen den Nenner des ganzen Ausdrucks mit N, setzen ferner:

$$A_1B_2 - A_2B_1 = F,$$
$$A_2B_3 - A_3B_2 = G,$$
$$A_3B_1 - A_1B_3 = H,$$

so wird, abgesehen von einem constanten Factor:

$$N\,\Psi(\tau) = -q^{2/5}H^3 - q^{3/5}H^2G - q^{4/5}(H^2F - G^2H) + q^{6/5}(F^2H - G^2F) + q^{7/5}F^2G + q^{8/5}F^3.$$

$\Psi(\tau + 16)$ unterscheidet sich von $\Psi(\tau)$ nur dadurch, dass an Stelle von $q^{\frac{r}{5}}$: $\alpha_1{}^r q^{\frac{r}{5}}$ getreten ist. Aehnliches findet bei $\Psi(\tau + 2 \cdot 16)$ .. $\Psi(\tau + 4 \cdot 16)$ Statt.

Da nun in dem Ausdrucke für $N\,\Psi(\tau)$ ganze Potenzen von q fehlen und

$$1 + \alpha_1 + \alpha_1{}^2 + \alpha_1{}^3 + \alpha_1{}^4 = 0, \text{ so wird:}$$

$$N\sum_0^4{}_\xi\, \Psi(\tau + 16\,\xi) = 0,$$

oder:

$$\sum_0^4{}_\xi\, \Psi(\tau + 16\,\xi) = 0,$$

d. h. auch:

$$\sum_0^4{}_\xi\, \Phi(\tau + 16\,\xi) = 0.$$

Bilden wir jetzt die dritte Potenzsumme, so haben wir nur nöthig, die Coefficienten der ganzen Potenzen von q zu suchen, da die der gebrochenen beim Summiren sich wieder fortheben.

Es wird nun in der dritten Potenzsumme der Coefficient von q : 0, von q^2:

$$3H^6(F^2H - G^2F) - 3H^3(FH^2 - G^2H)^2 - 3G^2H^4(H^2F - G^2H) = 3[H^7F^2 - H^6G^2F - H^7F^2 - G^4H^5 + 2H^6G^2F - H^6G^2F + G^4H^5] = 0.$$

Ferner wird der Coefficient von q^3:

$$3[-H^2G(F^2H - G^2F)^2 + 2H^2GF^3(H^2F - G^2H) + (H^2F - G^2H)^2F^2G - 2H^3(F^2H - G^2F)F^2G] = 0.$$

Ebenso verschwindet der Coefficient von q^4 identisch, mithin auch der Ausdruck:

$$\sum_0^4{}_\xi\, \Psi(\tau + 16\,\xi)^3,$$

oder es ist:

$$\sum_0^4{}_\xi\, \Phi(\tau + 16\,\xi)^3 = 0.$$

Es ist klar, wie sich die Resultate, die wir für eine Transformation fünften Grades gefunden haben, auf eine Primzahltransformation beliebigen Grades ausdehnen lassen.

In der That, bezeichnet man die Wurzeln der zu dieser Transformation n^{ten} Grades gehörigen Modulargleichung der Reihe nach mit

$$\varphi(n\tau) = \varkappa_\infty, \ \varphi\left(\frac{\tau}{n}\right) = \varkappa_0, \ \varphi\left(\frac{\tau + 16}{n}\right) = \varkappa_{16} \ldots .$$
$$\varphi\left(\frac{\tau + (n-1)16}{n}\right) = \varkappa_{(n-1)16},$$

wobei an Stelle der Indices immer die ihnen nach dem Modul n congruenten Zahlen zu wählen sind, die kleiner als n sind, so können genau dieselben Schlüsse wie vorher gemacht werden, wenn sich eine Substitution finden lässt, die erstens sich nicht ändert, wenn an Stelle von $\varkappa_k$ entweder $\varkappa_{k+16}$ oder $\varkappa_{-\frac{1}{k}}$ gesetzt wird, die zweitens ihrem Modul nach in sich selbst dividirt durch eine Potenz von $\varphi(\tau)$ übergeht, wenn an Stelle von $\varkappa_k$: $\frac{1}{\varkappa_{\frac{k}{1+k}}}$ gesetzt wird.

Solche Substitutionen lassen sich bei den Modulargleichungen, die zu einer Transformation siebenten und elften Grades gehören, wirklich aufstellen.

In der That bildet man für die ersteren den Ausdruck:

$$\Phi_1(\tau) = (\varkappa_\infty - \varkappa_0), (\varkappa_1 - \varkappa_5), (\varkappa_2 - \varkappa_3), (\varkappa_4 - \varkappa_6),$$

so sind die Grössen

$$\Phi_1(\tau), \ \Phi_1(\tau + 16) \ldots\ldots \Phi_1(\tau + 6 . 16)$$

Wurzeln der Gleichung siebenten Grades:

$$z^7 + z^4 a u^4(1-u^8)^2 + z^2 a_1 u^4(1-u^8)^4 + z\, a_2 u^8(1-u^8)^4 - a_3 u^4(1-u^8)$$
$$(1-u^8 + u^{16}) = 0.$$

Es ergiebt sich dieses daraus, dass sein muss:

$$\sum_0^6 \xi \ \Phi \ \tau + 16\xi)^r = u^{p_r'}(u^8-1)^{q_r'}(a_0{}'_r + a_1{}'_r u^8 + \ldots . a'_{m_1 r} u^{8m_1}),$$

wobei:

$$p_r' \geqq \frac{4r + v'}{7},$$

$$q_r' > \frac{3r + \mu'}{7} \equiv 0 \text{ mod } 2,$$

$$8m_1 + 8q_r' = 8r - 2p_r',$$

$$a'_{ir} = a'_{(m-i)r}$$

und v' und μ' die kleinsten ganzen positiven Zahlen sind, die genügen:

$$4r + v' \equiv 0 \bmod 7,$$
$$3r + \mu' \equiv 0 \bmod 7.$$

Bildet man ferner für die Modulargleichungen, die zu einer Transformation elften Grades gehören, den Ausdruck:

$$\Phi_3(\tau) = (\varkappa_\infty - \varkappa_0), (\varkappa_1 - \varkappa_2), (\varkappa_4 - \varkappa_8), (\varkappa_3 - \varkappa_6), (\varkappa_9 - \varkappa_7), (\varkappa_5 - \varkappa_{10}),$$

so sind die Grössen

$$\Phi_3(\tau), \ \Phi_3(\tau + 16) \ldots\ldots \Phi_3(\tau + 10 \cdot 16)$$

Wurzeln einer Gleichung elften Grades, deren Coefficienten aus Potenzsummen der Form:

$$\sum_0^{10} \xi \ \Phi_3(\tau + 16\,\xi)^r = (-1)^r u^{r p_r''} (u^8 - 1)^{q_r''} (a_{0r}'' + a_{1r}'' u^8 + \ldots a''_{m_r''} u^{8m''})$$

zu berechnen sind.

Die Grössen p_r'', q_r'', m'' haben dabei ähnliche Bedeutung, wie die ihnen entsprechenden bei den Transformationen fünften und siebenten Grades.

wissenschaftlicher Grundlage quantitative Bestimmungen zum Endzweck haben, indem nur diese den am meisten bildenden Einfluss äussern, wogegen qualitative Arbeiten nach den ersteren nicht mehr die geringsten Schwierigkeiten darbieten können. Man wird daher in dem vorliegenden Werke überall das in der mathematischen Formel exact ausgedrückte Naturgesetz in erster Linie sehen.

An 126 grossen, fortschreitend geordneten Uebungsarbeiten (in sechs Abtheilungen: Mechanik, Magnetismus, Galvanismus, Akustik, Optik und Wärme) führt uns der Verfasser in Hauptzügen, sich an den gewöhnlichen Lehrgang anschliessend, die hauptsächlichsten Gesetze und directen Anwendungen der heutigen Physik vor. Eine jede Arbeit — Thema genannt — ist möglichst, ohne den Zusammenhang des Ganzen zu verlieren, als ein abgeschlossenes Ganzes dargestellt, und fast immer durch nur eigene Versuche belegt, so dass Alles gegeben ist, was die erreichbare Genauigkeit auch wirklich erreichen und schliesslich über den Werth der Arbeit nicht im Unklaren sein lässt. An diese grossen Arbeiten reihen sich noch 38 kleinere zur Ergänzung an. Schliesslich ist dem Werke ein Anhang beigegeben, welcher in die Experimentirkunst, Resultatebildung etc. im Allgemeinen, sowie in einzelne bestimmte Gattungen von Versuchen einführt — practische Andeutungen, die mit ein Hauptschlüssel zur Ausführung der physikalischen Versuche sein dürften.

Der Verfasser hat mit möglichst einfachen und billigen Apparaten, ausser etlichen grösseren zu Messungen erforderlichen, zu arbeiten gesucht. Hierdurch und durch die bedeutende Menge des gebotenen Stoffes, welcher eine angemessene Auswahl gestattet, bei völliger Ausführung aber die Experimentirenden durch vier Studiensemester hindurch beschäftigen kann, dient das Buch sowohl zum Gebrauch in grösseren und kleineren Cabineten, wie auch als Rathgeber für alle diejenigen Fächer, welche sich mit in die Physik einschlagenden Gesetzen befassen.

Heidelberg.

Carl Winter's Universitätsbuchhandlung.

C. F. Winter'sche Buchdruckerei in Darmstadt.